給全世界最重要的你
——德蕾莎修女教你如何去愛

The Love ～世界で一番たいせつなあなたへ
マザー テレサからの贈り物

片柳弘史◎文
把笑臉散播到全世界的藝術家 RIE ◎圖
林安妮◎譯

目次

推薦序一
愛是一切力量的源頭

王建煊　前監察院院長、愛心第二春文教基金會創辦人

　　本書作者是一位日本神父，當年因為人生乏味，到印度德蕾莎修女辦的慈善機構當志工，有天德蕾莎修女對他說：你應該去當神父。一句話影響了人的一生，真是不可思議。

　　早年我在政大財政研究所兼課，我對學生說，你們一定要把英文念好，多看空中英語教室雜誌會很有用。隔了幾年一位學生考上公費留美，他說就是因為聽了我講的話，勤讀空中英語雜誌，讓他金榜題名。這樣的例子很多。

　　一句話可影響一個人的一生，講話的人固然重要，但更重要的是聽話的人，是否感動，是否去行，那才是最重要的。

　　這本書作者利用與德蕾莎修女接觸時，從德蕾莎的言行裡，引申寫出本書，內容淺顯可讀，相信讀者會有很多收穫。

　　近年我全力參與公益慈善工作，也去過印度加爾各答，在德蕾莎修女辦的「垂死之家」等地當志工，雖然時間不長，但感動甚多。十分鼓勵大家也去看看，你的愛心種子，定會很快發芽，幫助許多苦難的人。

　　聖經上說：喜樂的心乃是良藥，憂傷的靈使骨枯乾。人

生苦短，世事無常。世人常以為有錢有地位就會快樂，事實證明並非如此，這種例子，也不勝枚舉。

宗教改革家馬丁路得說：人一定要努力使別人快樂。別人因你而快樂，你就會有快樂；別人因你而有幸福，你就有幸福。過來人會同意這種結論，多年來我與妻子投身愛心工作，結論就是如此。希望大家在讀此書時，也能被愛吸引，進而散發愛；享受愛的喜樂。

德蕾莎修女常對要出發去貧民窟的修女說：妳們到貧民窟去，成為照亮人心的太陽。各位好朋友，不知道你們有沒有想過，要努力成為照亮別人的太陽。也許你覺得那太偉大，怎麼當得了太陽？但是一枝小蠟燭也可以照黑暗，讓我們先來當一枝小蠟燭吧！

愛的範圍非常廣，要從哪裡做起呢？這本書裡說「愛始於家庭」家庭是上帝在世界上建立的第一個社會組織。家裡沒有愛那就不是家，也發揮不了家的力量，充其量只是一棟漂亮地房子而已。

各位好朋友，想一想，你的家庭如何？冬暖夏涼嗎？還是大家都不想回家。愛就從自己的家開始吧！

王建煊　序於新北市林口
二〇一七年元月六日

推薦序二
聖德蕾莎姆姆給我的禮物

姜樂義　天主教台灣明愛會國際志工召集人

感恩，這是德蕾莎姆姆（稱受尊敬的修女）給我的禮物！很榮幸地接到出版社的邀請為此書寫序，能在付梓出版之前搶了先看見作者片柳神父與姆姆的相遇，分享其以姆姆嘉言在生活中見證的故事。今年九月初，我受邀到羅馬出席德蕾莎姆姆宣聖大典，彌撒中上台恭讀中文信友禱詞，接著至法國露德聖母顯靈朝聖地，再徒步完成八百公里聖雅各朝聖之路，這一連串的恩典，我認定是德蕾莎姆姆給我的禮物。沒想到，片柳神父日文書名也用上了「來自德蕾莎姆姆的禮物」。上網瀏覽片柳神父的部落格，看到神父也出席了德蕾莎姆姆的宣聖彌撒，更巧的是發現我竟然出現在神父的照片中（右上方穿藍色台灣明愛會志工背心的小小背影），這張

祭台前的背影相片也算是德蕾莎姆姆送我的禮物。

片柳神父在一九九四年大學畢業，面對進入社會前有些迷惘，尋找為何而活的線索時，選擇前往印度加爾各答，認為「只要見到姆姆，一定會明白些

甚麼」，德蕾莎姆姆像迎接孫子回家般地給了片柳神父溫暖，這一刻的記憶永存片柳神父心中。因著德蕾莎姆姆一句預言：「你會當神父」，回到日本，片柳神父真的進入耶穌會修道，並介紹德蕾莎姆姆的愛德服務精神，讓更多日本人認識了德蕾莎姆姆。

台灣有不少志工在姆姆在世之時就到印度加爾各答當志工，也見過姆姆。其中家喻戶曉的就是李家同校長，其著作《讓高牆倒下吧》感動很多華人，激發人心想到德蕾莎姆姆創辦的垂死之家親身體驗。但是據我所知，台灣志工至今還沒有在印度垂死之家或其他安養機構停留超過一年的。我自二〇〇四年迄今已去印度服務十五次，每次七至十四天不等，帶志工到加爾各答服務學習成為我的志業，每次都有不同的體驗與啟發。我的基本理念是本著積極鼓勵與激發台灣社會青年走向國際社會之使命，持續推廣以行動關懷弱勢及生命教育為基礎之服務與學習。十多年來欣見志工們在個人事業發展上也都有其使命的發揮，這些都是姆姆給我們的禮物。

有關姆姆嘉言坊間已有很多書出版，網路上也多所流傳，大家常用來分享、激勵，這就是德蕾莎姆姆帶給世人的禮物。而此書特別之處，是引用姆姆嘉言配上「把笑臉散播到全世界」的藝術家 RIE 的漫畫，再加上片柳神父的「在印度一年從德蕾莎姆姆那兒所領受的點點恩惠」生活經驗與觀察省思，可說是一本激勵人生與生命教育的書。書中的每一篇都可以獨

立閱讀，即使只是讀其中一篇，讓德蕾莎姆姆的嘉言進入心中，在日常生活中去實踐，即能產生正向力量，激勵自己勇於愛人，甚至帶動周遭的人。

我喜歡姆姆嘉言：「心懷大愛做小事」，它最能代表德蕾莎姆姆及其修會的精神；我也喜歡引用＜滄海一滴＞這篇的一段話：「我們所做的事，不過是滄海一滴。但是，一旦停止去做，大海就會少了這一滴。」我第一次去加爾各答回來後，開始大量蒐集、閱讀關於德蕾莎姆姆的言行專書及影片，曾在一部日本採訪姆姆的影片中，看到姆姆親口說這段話，對我而言很受用，提醒我不要因善小而不為。只要有機會受邀到各學校、團體分享志工經驗，我就常常播放德蕾莎姆姆親口說這段話的影片片段。相信一滴善意的「愛」水滴入大海，一定能使那茫茫的、冷漠的人海有所不同。

＜為愛而苦＞一篇中：「我的心中，充滿痛苦。我從不知道，原來愛會讓人遭受痛苦。」分享的是一般文章較少去延伸的省思。在德蕾莎姆姆的書信中，她曾赤裸裸地表白無法感受到天主的痛苦經歷，那種愛是讓人受苦的察覺。如果有一份愛，愛得愈深，卻沒有被感受到，沒有得到回應，受的苦也就愈大。片柳神父對此的闡釋是：活在愛內，是一種忍受著付出的愛得不到回應，仍要繼續活下去。克服了困難，活出愛的德蕾莎姆姆，跨越了因愛而生的痛。她相信，就算無法明確地感受到，但天主必定是愛著我的。因為有這樣的確信，才讓姆姆

跨越深切痛苦的陰暗。片柳神父說：如果愛是無論何時都能實實在在感受得到的，人們就不需要相信愛了。正是因為愛有時根本完全感受不到，才需要相信愛。就算得不到回應，卻依然相信對方，並持續地、不斷地獻出自己的所有，這樣的愛和祈禱沒兩樣。片柳神父期許與相信的是：我們付出的愛，帶著祈禱一般的心意，持續獻上愛情，有一天一定會傳達到對方心裡，發生奇蹟。

片柳神父說他在加爾各答一年的志工生活是活出美好，是到加爾各答找方向，我們每一位讀者可以學習把自己開放出來，透過書中德蕾莎姆姆鼓勵人心、燃起心火的話語，接受德蕾莎姆姆給的禮物，讓我們藉著閱讀與祈禱，一起朝向美麗人生出發吧！

推薦序三
珍貴的愛裝在單純的心內

潘春旭　文藻外語大學吳甦樂教育中心助理教授

　　這是一本得靜下心，暫時把慣常邏輯關成靜音，不預設立場才能汲取養分的書。片柳的二十三篇短文，取材個人修道生涯的整體反省，核心摘自德蕾莎姆姆的話。姆姆的話，使得當年這位年輕的日本男子選擇了聖職。這話，不是道理，不是陳腔濫調，它帶人洗心革面。簡單的話，累積了六十年在加爾各答洗淨窮人身體的不簡單行動。

　　讀這本書，你要讓自己置身加爾各答垂死之家，跟著片柳去追隨姆姆的腳步。這裡，若你想瞭解姆姆怎樣去愛窮人，並感受她怎樣相信自己也跟窮人一樣都為天主所愛，你需把社會慣有的條件交換心態暫放一邊。用稅吏走入聖殿連抬頭都不敢的安靜，給自己一個啟迪開悟的機會。問，我怎樣才能進入沒有恐懼的真愛。

　　片柳傳達的理念，就是德蕾莎姆姆的理念：「在天主眼中，你是最重要的人。」天主是看不見的，人怎樣體會天主面前的他是重要的？姆姆會溫柔的握住每一雙手，用發自心裡的微笑看著對方，讓被看的人感受你是獨一的。她讓自己做天主的導

11

體，讓愛從天主流向她，再流向那位渴求關懷的身體、心裡、靈魂。

　　片柳沒有把「愛」美化，說成奇蹟，他指出一個祈禱的困境。德蕾莎姆姆在自己的祈禱裡，長達幾十年感受不到天主的愛。沒有感受到愛不代表愛不存在，她學習耶穌的信心。黑暗中沒有天主的安慰，耶穌經驗過，在山園祈禱，釘在十字上時。就像耶穌做的一樣，德蕾莎姆姆也說：「父啊！照你所願意的吧！」（《馬爾谷福音》14 章 36 節）姆姆從痛苦裡體會，天主隱藏自己，是為讓她變得跟窮人一樣，經驗窮人的絕望，捨棄。經驗徹底的捨棄，又不放棄對天主信心，才能體會自己真是天主眼中最重要的人。當人是成功的、被愛的，怎能體會天主的愛？他愛的是成功、控制和擁有。姆姆明白，天主要她倒空自己，不依賴物質、名聲，甚至祂的安慰，用單薄的身體，貧窮的修會，親手去觸摸、撫慰、洗淨她們所遇到的每一個窮人。當垂死者感受人性尊嚴，放鬆地離世時，姆姆感受亡者的感激、平安、尊嚴，也感受了天主堅實厚重的愛。

　　姆姆傳達一個清楚訊息，給身邊修女、志工、包括片柳，「珍貴的愛裝在單純的心內。」單純，指不分別優劣、窮富。指依靠天主，不靠錢財和盤算。天主傾注全力創造每一個人、每一朵花、每一棵草，給了長得漂亮的生命力。是複雜、不單純，造了巴別塔想扮演天主角色的人，讓愛的能力消失。原本的獨一性被化約成了一致性，社會讚頌靈活、成功、權位，貶

抑魯鈍、貧窮、弱勢。人為控制、人工美貌剔除了生命原本的美善。真愛消失，功利當道。

　　姆姆很早就明白，物質，優渥物質腐蝕了愛，讓愛流動去分享是用單純的心，最起碼的物質就夠了。她創建的仁愛修女會，修女只有一張床，一雙涼鞋。愛，是用你的臨在，到窮人家打掃房間，幫臥床病人洗澡。愛，是用你溫暖眼神去看受藐視低自尊者的雙眼。不住豪華宅院，在白牆斑駁的鐵床上，一雙溫柔的手，洗淨了身體，換上乾淨衣服，從微笑的注視裡，感覺全世界裡，「我是最幸福的人」。

　　跟著片柳的書，學習耶穌，學習德蕾莎姆姆，用單純的信心，去面對生活中的痛苦。讓天主的愛，從我內流向痛苦中的人。用一個微笑，用一個握手，讓渴望去愛人的天主從我進到對方身上。因而，我自己跟別人，都感受是天主眼中最重要的人。

　　初次和德蕾莎姆姆相遇，是在我二十三歲那一年。

　　那時的我，對人生的路該如何走充滿迷惘，尋找著為何而活的線索。「只要見到姆姆，一定會明白些什麼」──我懷抱著這樣的想法，踏上前往加爾各答的旅程。德蕾莎姆姆就像迎接回家的孫子一般，溫暖地迎接了背著背包、不請自來的我。當時的喜悅，直到現在依然記憶猶新。說是我人生中最高興的一瞬間，亦不為過。

　　見過姆姆的人，總會異口同聲地說：「我正是這世界上德蕾莎姆姆最愛的人」。說來奇妙，就連只和姆姆會面五分鐘的人也這樣說。我也確實有同樣的感受。究竟是為什麼？

　　「雖然來訪的人很多，但對我而言，每一個當下在我眼前的人，就是我的一切。」姆姆說。無論對方是誰，姆姆把每一個當下站在她眼前的人，視為全世界最愛的對象。因此，前來會見姆姆的人有「我正是這世界上德蕾莎姆姆最愛的人」的感覺，想來也是理所當然的。以幾乎是全然交託的愛情，將對方溫暖地擁入懷中的人──那就是德蕾莎姆姆。

　　為姆姆的品德人格所吸引的我，就此留在加爾各答，以
志工身分開始工作。這本書，正是那將近一年的時間裡，我從
德蕾莎姆姆那兒所領受的點點恩惠，紮紮實實的飽滿記錄。

　　這本書，由德蕾莎姆姆的嘉言、藝術家 RIE 的畫，以及
我的散文所構成。無論從哪一頁開始讀都可以。讀了之後，如
果有某個字句在你心裡產生回響，那就是此時此刻德蕾莎姆姆
想對你說的話。把這些話仔仔細細地收妥在心底，你也可以試
著對德蕾莎姆姆說說話。我衷心祈禱，大家能藉著這本書與德
蕾莎姆姆相遇，感受到「我正是這世界上德蕾莎姆姆最愛的
人」。

你，
是出生在愛中的，
珍貴的人。

You are a precious one,
who was born in love.

你是重要的人

　　某日，有位女性遠從澳洲前來探訪德蕾莎姆姆。這位女士穿著牛仔工作褲，戴著草帽，好像到前一秒為止都還在田裡開著拖拉機；看到她以如此打扮來到印度，我非常驚訝。心想：「這副打扮，到底是來這裡幹嘛的呢？」

　　和她聊著聊著，終於慢慢清楚事情的原委。原來，在澳洲的大平原上務農的她，被酒精中毒的丈夫家暴，甚至連自己的兒子也對她施暴。在認真考慮自殺的時候，這位女士心想：「橫豎都要死了，不如就去見見崇拜的德蕾莎姆姆好了，一次也好，見過姆姆，我就可以死了。」除了身上的衣物之外，孑然一身的她，就這樣搭上前往印度的飛機。

　　只要有人真的迫切需要幫助，就算再忙，德蕾莎姆姆也會馬上為此挪出時間。姆姆牢牢地握

住這位女士的手，始終帶著溫暖的微笑，和這位
女士進行約一個小時的談話。結束談話後，這位
女士來到我身邊，對我說：「我想做的事已經做
完了，現在，我要回澳洲去。我已經不想死了。
只要還有這麼一個人，如此在乎、重視我的存
在，死了就真的太可惜了。」就這樣，這位女士
重新獲得活下去的力量，回去她的家鄉。

　　就算只有一個也好，若有人能真正的覺得我
是重要的，那麼，無論發生什麼事，我都能活得
下去。我想，這就是人之所以為人吧。對於身陷
苦難深處的人，姆姆不太會說「務必珍惜生命」
這種說教的話。她只是保持著打從心底浮現的笑
容，藉著強而有力的握手傳來的溫度，在無言之
中，默默傳達出——「對我來說，你是重要的
人。」獻上自己毫無保留的愛，用愛讓對方重新
站起來。這就是德蕾莎姆姆。

就算不被身邊的人接納，
連自己都無法接受自己的時候，
天主會接受你。

When not accepted by others, even by yourself,
God is the one who accepts you.

接受自己

　　當事情無法盡如己意，或是經歷什麼巨大失敗的時候，我們總是忍不住會想，「已經不行了，反正我也不過就是這樣。」不只是無法得到別人的認同，連自己也變得無法接受自己。究竟是為什麼呢？

　　我想，那一定是因為在我們的心裡某處，有著「事情不應該是這樣！」的想法，才會覺得「不應該進入這種公司的」，所以「我已經不行了」；「不應該造成這樣的失敗」，所以「我已經不行了」。

　　但是，為什麼會說出「事情不應該是這樣！」的這種話呢？正是因為驕傲自大。我們總是擅自創造出「理應如何」的自己、理想化的自己，而責備那個無法達到理想的自己。讓我們受苦的並非事件本身，事實上，讓我們受苦的是我

們自己。

德蕾莎姆姆說：「連自己都沒辦法接受自己的時候，天主會接受你。」明明天主都接受了原原本本的我，我們依然堅持己見，認為：「不，就算如此，我還是無法接受我自己。」要繼續這樣為難自己嗎？不要再為難自己了，原諒自己吧！

不如這樣想好了。天主和我們的關係，就像茶碗和製作茶碗的陶藝家。如果茶碗說：「我是失敗的作品，一點價值也沒有。」無疑是在侮辱製作茶碗的陶藝家。如果我們說：「我是無用的人，一點價值也沒有。」亦如同在侮辱創造我們的天主一樣。就算凡事無法如自己所願，身為天主作品的我們，依然有無比的價值。我們每一個人，都是天主的最佳傑作。

沒有必要為了被愛，
而改變自己原來的樣子。
只需要敞開心房，
以原原本本的樣子被愛。

You do not have to be different to be loved.
Only open your heart to be loved as you are.

只要敞開你的心

　　因為工作能力很強，因為做得一手好菜，因為服裝品味很好，所以我才有被愛的價值。我們在不知不覺間，開始有了這樣的思考方向。但是這種「因為有一些什麼能力，我才值得被愛」的想法，是沒有辦法為我們帶來幸福的。因為，在那些認為「因為有一些什麼能力，我才值得被愛」的人心底深處，確信「若沒辦法做到些什麼，我就不值得被愛」。

　　那些深信「若沒辦法做到些什麼，我就不值得被愛」的人們，一旦做到些什麼之後，便覺得「我是個值得被愛的人」而驕傲起來。就算有人愛他，也會因為認定「被愛是理所當然的」，而從不心懷感謝。一旦當他什麼也做不到的時候，馬上就斷定「自己是個無用的人」；就算被誰所愛，也會因為固執相信著「我根本沒有什麼被愛

的價值」，而無法坦率地接受別人的愛。那些深信「若沒辦法做到些什麼，我就不值得被愛」的人們，為了能被周圍的人所愛，也為了自己能愛自己，終其一生都必須不斷扮演「有能力的自己」。

要怎麼做，才能從這種不幸的固執思維中掙脫出來呢？德蕾莎姆姆說：「只要敞開心房就好。」丟掉「若沒辦法做到些什麼，我就不值得被愛」的執拗想法，對那些無條件的愛敞開心房就好。並不是因為我們「能」做些什麼，而是因為我們「就是」我們，光是這個理由，我們就值得被愛。只要這樣相信就夠了。

明明眼前就有一個人，愛著原原本本的我，卻因為我覺得「自己根本沒有什麼被愛的價值」，而拒絕了這份愛，這是最不幸的事。對眼前的愛敞開心房吧！想要幸福的話，只要這樣就可以了。

只要能接受原原本本的自己，
無論什麼閒言惡語都傷害不了你，
任何盛讚美譽也不會讓你狂妄自大。

If you can accept yourself as you are,
no slander can hurt you, and
no admiration can make you arrogant.

如實接受了自己

　　攝影是我的興趣，有時會受託拍攝人像，不過也曾有人在看到我為他拍的照片後勃然大怒，說：「我根本沒有這麼胖！你技術太差了。」聽起來是有點無理取鬧的話，但我卻沒辦法不放在心上，一笑置之。和這個生氣的人一樣，一旦難以接受的事實擺在眼前，我們常感到憤怒，並歸咎於對方。

　　比方說，當朋友或家人指出自己的弱點、缺點時，那些無法接受真實自我的人，還有那些在自己心中，創造出比實際上的自己稍微好一點點的「理想自我」的人，就會生氣。然後說，「你的看法根本是錯的，就憑你，懂什麼！」就把錯怪在對方身上。之所以生氣，或許正證明了人家把你難以接受的真實擺在你眼前，你被人戳到痛處了。

　　就算知道自己有軟弱之處和缺點，卻仍覺得
自己是不可取代的、珍貴的存在而接納了自己，
這樣的人不會發生上述的狀況。縱然有人帶著惡
意說：「你很胖耶！」應該也能帶著微笑回應：
「是啊，是很胖。但是，我很喜歡這樣的自己
哦。」在能夠接受真實自我的人面前，不論怎樣
的閒言惡語，也會啞然失聲。

　　緊抓著「理想自我」不放的人，只要聽到一
些奉承恭維，馬上就驕傲起來。心想「果然如我
所料嘛！」而開心不已，得意洋洋。但是啊，那
些接受自己原來樣子的人，不會發生這樣的事。
「你最近是不是有比較瘦啊？」即便聽到這些禮
貌話，也只會用「有嗎？」輕輕帶過。

　　既軟弱又不完美，即使如此仍接受了自己，
視自己為不可取代的、珍貴的存在，這樣的人不
會因為閒言惡語而受傷，也不會因為虛偽的讚美
而飄飄然。無論何種境地，都能以自己原來的姿
態，活出自然而然的樣子。

我們所做的事，
不過是滄海一滴。
但是，一旦停止去做，
大海就會少了這一滴。

What we are doing is just a drop in the ocean.
But if we stop our work, the ocean will be a drop less.

滄海一滴

　　就像在廣闊無垠的大海中注入一滴水——德蕾莎姆姆對於自己和夥伴們為那些貧窮的人們所做的服務，做了這樣的比喻。或許我們可以這樣想，那片廣闊的海所說的，是能夠集滿世界上每個人心中滿溢著愛的「愛之海」。

　　也許有人會認為在數十億人當中，就算有一個人停止傾注愛，這世界也不會有任何改變，但姆姆卻不這麼認為。無論如何廣大的海洋，只要缺少那麼一滴水，也就少了那一滴水所佔據的大小。持續不斷地注入那一點一滴，有著重大的意義。

　　在這個有數十億人生存的世界上，我這個如此微不足道的存在，究竟有何意義？我們心中偶爾會浮現這樣的想法。但是，我們之所以生於此世必有其意義。因為即使只少了一個人，這個世

界也會因為缺少了這麼一點，而變得不完整。每
個人都竭盡全力活出自己的生命——這件事，有
相當重大的意義。

基督宗教認為，這個世界上的一切，必有其
存在的意義。花花草草也好，動物也好，上主未
曾創造任何一個不具意義的東西。我們自然也不
例外。我們之所以來到這個世界，自有我們誕生
的意義。

或許此刻有人正在煩惱著，不明白人生的意
義為何，身處絕望之中；但是，「不明白意義」
和「沒有意義」是不一樣的。就算現在無法明白
究竟有什麼意義，但是，既然能夠活到現在，我
們的人生就一定有其意義。

等到活著真的失去了意義，那時，上主會呼
喚我們返回天家吧。因為上主將會召叫那些好好
完成了地上使命的人們，返回天家。之所以依然
活著，必然表示我們還有活在人間的意義，仍有
尚未完成的使命。

我做不到的事，
你做得到。
你做不到的事，
我做得到。
只要齊心協力，
一定能成就美好的事。

You can do what I cannot do.
I can do what you cannot do.
Together we can do something beautiful.

我能做的事

　　有一次，從美國來的一位婦人對德蕾莎姆姆說了這樣的話——「您做的事太了不起了，我什麼也做不到。」姆姆聽了這話之後，微笑著回答她：「但是，那些我做不來的事，您卻做得到呢。」

　　一生獨身的德蕾莎姆姆做不到的事，比方為家人做菜、打掃家裡或清洗衣物，或是養育子女，卻是你做得到的。我想，德蕾莎姆姆想說的是，你能做的這些事，和為加爾各答的窮人們服務，是同等重要的哦！

　　當我們和別人比較的時候，總是會不自覺地在意那些自己做不到的事情，然後變得悲觀，進而深信「自己就是什麼都做不到」。但是，不是這樣的。一定也有我們能做得到的事，只是我們能做的，和別人不一樣罷了。每一個人，盡全力

做好自己能做的事，我們就能漸漸創造出美好的
世界。德蕾莎姆姆是這樣想的。

　　或許我們可以把這個世界想像成一個舞台。
我們每一個人，就像站上舞台扮演不同角色的演
員。如果大家都只想成為眾所矚目的焦點，那麼
舞台會變得亂七八糟吧。在舞台上最重要的，並
不是讓自己成為焦點。而是每個人都盡力扮演好
自己被賦予的角色，因著眾人齊心協力，才能打
造出一個亮眼的舞台。

　　在這個名為世界的舞台上，有母親的故事，
有父親的故事，有勞動者的故事，有為窮人服務
的故事，因為交疊著許許多多的故事，才能展開
壯闊的生命故事。沒有任何一個故事可有可無，
每一個故事都珍貴無比。讓我們一起，全力活出
自己的生命故事，讓這個名為世界的舞台更加精
彩吧！

傲慢、無禮，
是輕而易舉的。
然而，我們
是為了更偉大的目的而生的。
我們，是為了彼此相愛而生的。

It is very easy to become arrogant and impolite.
But we were born for a much greater thing.
We were born to love one another.

為彼此相愛而生

　　德蕾莎姆姆說：「我們，是為了彼此相愛而生的。」為何她會這樣說呢？最佳的證明是，只要我們不彼此相愛，是不可能得到幸福的。

　　傲慢瞧不起人，或是態度無禮粗魯，是輕而易舉的。但是，一旦對方離去，只留自己孤單一人的時候，我們的心裡必定會湧出後悔，不可自抑地想：「如果那時對他溫柔一點就好了……對他親切一點就好了。」

　　能讓我們由衷感到幸福的時刻，是我們對他人溫柔、親切以待的時候，以及因著這樣的付出，也從他人那裡得到溫柔對待的時候。我想，這樣的互動事實，正是「我們，是為彼此相愛而生」無可分說的證明。

　　因為我擔任神職，偶爾會有人問我：「如果人類是天主所創造的，為何人類如此不完美？」

從某個角度來說，答案非常簡單。天主之所以讓
人不那麼完美，是因為如果人是光靠自己，就可
以活得幸福快樂的完美存在的話，那麼就沒辦法
體會彼此相愛的喜悅。正因為我們不完美，才能
彼此幫助，彼此寬恕，彼此相愛。人從一開始，
受造就是為了藉由彼此相愛而幸福、而圓滿。

　　一味考慮到自己幸福的人，之所以絕對無法
得到幸福，也正是因為如此。為了彼此相愛而誕
生於世的我們，只有讓某個人幸福，自己也才能
真的感到幸福。為某個人獻上自己，對方回報滿
滿的微笑時，我們才能擁有真正的幸福。為了不
讓我們遺落真正的幸福，成為迷路的孩子，應該
把「為彼此相愛而生」這句話的意義，牢牢地銘
刻在心上。

沒有必要特地做大事，
只要在小事上
傾注偉大的愛情就夠了。

You do not have to do anything great.
Just do a small thing with great love.

心懷大愛
做小事

就算說「我們，是為彼此相愛而生的」，或許還是有人會想：「但是，我又做不出什麼了不起的事⋯⋯」請放心吧，您多慮了。去愛，並沒有必要特地做些什麼大事。更好說，其實做大事稱不上是愛，做小事才算得上愛。

當我們在做那些可以得到眾人讚美的大事時，即使是為窮人辦的慈善活動，無論如何，還是會不自覺地掉入「這樣做才會被大家稱讚」的得失算計之中。在為窮人而做的想法中，摻入為自己而做的想法，愛變得不再純粹。越是想要做大事，愛越是逐漸變小。

相對於此，在小事上傾注真心的時刻，所擁有的是只為對方著想的純粹愛情。比方說，母親每天晨起為孩子們做便當的時候，在那個氛圍裡，只存在著為孩子著想的純粹愛情。並不是為

了得到誰的認同，也不為求任何好處，只是想讓
孩子高興，因而清早起身專心一意做便當，在這
樣的母親心中，有著確確實實偉大的愛情。

在打算去愛的時候，一旦混入「大事」、「小
事」的想法，就得特別當心了。因為，在追求偉
大的事和人們的認可時，是沒有愛情的。若是開
始覺得，每天做便當「因為只是小事，所以沒意
義」，那證明我們心中對孩子的愛已經在慢慢消
失。

德蕾莎姆姆也說：「小事不過是小事。然而，
在小事上忠實，就是件偉大的事。」真正偉大的，
並不是那些為了追求自我的名聲和利益、光想著
做大事的人，而是那些在日常生活的小事上，傾
注大愛的人。

愛的反面，
不是憎恨。
愛的反面，
是漠不關心。

The opposite of love is not hatred.
The opposite of love is indifference.

不能不愛

　　到德蕾莎姆姆這裡來當志工的人當中，有許多人起初是懷著「因為追隨天主的訓誨，要去愛窮人」的想法而來的。然而，這樣的想法在每天的工作中逐漸改變。最初，把這件事當成義務，認為「必須去愛」的那些人們，也會在實際接觸到窮人們的悲慘現實後，心思漸漸鬆動，無法對這些人們袖手旁觀，「不能不愛」這些人們的想法開始催促著自己。就算心裡沒有必須去愛的想法，也會自然而然慢慢知道如何去愛。

　　沒有必要因為聽了德蕾莎姆姆的話，而認為「必須要愛每個人」。因為，愛不是義務。只要對身邊的人充滿關心之情，知道他們心裡的苦楚，我們應該沒辦法不為對方做些什麼吧。慢慢的，我們的心啊，一旦見到人們的痛苦，無法置之不理，見到受苦的人們，一定會起身去愛。

　　「明明必須去愛家人或朋友，但就是沒辦法
愛。」有這種煩惱的人，不如就從關心對方開始
吧。丈夫也好，妻子也好，孩子也好，朋友也好，
他們現在究竟有什麼樣的煩惱呢？試著設身處地
想想看。只要能感受到對方的痛苦，我們應該不
會置之不顧，也會想盡辦法去愛他。

　　離愛最遙遠的，是對別人的痛苦關上心門，
冷漠以對。只想到自己而漠視他人的痛苦，在這
樣冷漠的心中，是絕對無法生出愛情的。德蕾莎
姆姆說「愛的反面，是漠不關心」，就是這個意
思。對身邊的人付出關心自是當然，也讓我們試
著去關心那些從報紙和電視新聞裡得知的，遠方
的人們所受的苦難，試著想像他們的困境，就讓
愛從這裡開始出發吧！

從打掃開始

　　這是在德蕾莎姆姆訪問澳洲時發生的事。
「有位處境堪憐的男士，請您去看看他吧！」德
蕾莎姆姆接到這樣的請託，於是領著修女們一同
前往那位男士居住的公寓。抵達之後，發現他的
房子裡滿佈垃圾，連燈也沒有開。

　　「為什麼過這樣的日子呢？」德蕾莎姆姆問
他。他回答道：「反正沒有誰會到這屋子裡來。」
姆姆非常驚訝，因為在這個屋子裡，有著和長久
以來在印度認知到的缺乏食物和住處，全然不同
的貧窮。

　　總之，姆姆先拿起掃把好好地把房子打掃一
番。打掃之後，在堆積如山的垃圾堆裡出現一盞
美麗的檯燈。「可以把它點亮嗎？」姆姆這樣問，
那位男士說，「既然有人到這個屋裡來了，就點
亮吧。」點亮檯燈，結束掃除工作後，姆姆指示

同行前來的修女們，今後要定期到這位男士的家
裡打掃。隨後，姆姆返回印度。不久之後，在印
度的姆姆收到這位男士的來信。信上寫著：「您
為我點亮的那盞燈，現在依然亮著。」

　　在這位男士繭居的房子裡出現的荒廢與陰
暗，正是他內心如實的寫照。在被人遺棄的孤獨
生活裡，他的心被封閉在荒廢和絕望的黑暗之
中。因為姆姆的來訪，為他打掃了房子，在他心
中點燃希望的光芒。因為有人珍惜著自己，這個
事實在他心中點燃希望之光。「您為我點亮的檯
燈，現在依然亮著」這句話，正是這個意思。

　　去愛，並不需要做些什麼特別的事。只要我
們用眼睛可見的形式，把珍惜對方的心情表達出
來即可。首先，讓我們從家庭、職場或住家附近
的打掃開始，好嗎？

世上最可怕的貧窮，
就是感覺自己不被誰需要。

The most terrible poverty in this world is
the feeling of being unwanted by everybody.

從天而來的禮物

　　對那些在街邊死去的窮人來說，最深切的痛苦不是飢餓，也不是受寒，而是感覺到「自己對誰來說都是沒有必要的」。德蕾莎姆姆認為，為了彼此相愛而生的我們，無法被誰所愛，也無法和誰相愛的時候，將體會到最最劇烈的痛苦。如果說彼此相愛是人生至高的幸福，那麼，不被誰所需要或許就是最悲慘的不幸了。

　　「自己對誰來說都是沒有必要的」──這樣的痛苦，不止出現在貧窮國家，世界上任何角落都可見到，就連我們每個人的心裡，或許也曾有過這樣的痛苦。為了超越這樣的痛苦，應該怎麼做才好呢？

　　我希望你在感受到「自己對誰來說都是沒有必要的」痛苦時，能想到，就算被世上所有的人背叛、捨棄，也一定有人不會棄我們於不顧。無

論何時，都有人視我們為必要，只要我們活著就感到無比喜悅。那就是天主。

　　天主，給了我們生命這個禮物。要怎樣做，才能讓送我們禮物的人開心呢？ 這是一件非常簡單的事。只要高高興興地收下這份禮物，好好地珍惜它就可以。因此，要取悅天主是非常容易的。只要你高高興興地，接受這份從天主而來，名為生命的禮物，並且盡全力活好它，天主就會開心了。不必為誰所需要，也不需要有什麼用處，這些事根本一點都無關緊要。我們啊，只要盡力活出自己的生命，天主就會感到高興。「自己對誰來說都是沒有必要的」，沒這回事。無論何時，都有個人，光是我們好好活著祂就開心。請你，千萬千萬不要忘記。

和某個人相遇的時候，
請微笑以對。
愛，從微笑開始。

Smile whenever you meet somebody.
Love begins with a smile.

真高興能遇見你

　　和某個人相遇的時候，為什麼我們總是會微笑呢？那是因為，能遇見對方真是太高興了。無庸置疑，如果不覺得開心的話，應該笑不出來。微笑這件事，說來就是「真高興能見到你」的訊息。如果打從心底微笑，那麼，光是這樣就能夠把「見到你，我打從心底感到喜悅」這樣的訊息傳達給對方。

　　當別人對我們微笑的時候，我們會感到高興，也是因為對方的訊息傳達到我們心裡。當我們發現有人為我們的存在而喜悅的時候，那真是令人開心到不知如何是好。當我們對那為我們的存在而喜悅的人，也報以滿懷微笑的時候，兩者之間，就確確實實開始有了愛的連結。那個微笑在那數秒瞬間，牽起兩人愛的連結，這真可說是最極致的愛的訊息。

　　德蕾莎姆姆常常對那些要出發到貧民區的修女們說：「你們要到貧民區去，成為照亮人心的太陽。」你們要充滿喜樂地出發，到那些在艱困的生活和孤獨中，慢慢變得黑暗而消沉的居民身邊去。用閃耀著點點亮光的笑容，放射愛的光芒，成為溫暖、包圍人心的太陽吧。讓這個世界，充滿幸福洋溢的笑容——這是德蕾莎姆姆的希望。

　　陰暗的面孔，只傳達出「我對你根本沒興趣，光是自己的事情，已經讓我精疲力盡」的訊息。這個世界已經有太多這樣的訊息了。至少，從我們自己開始，無論是和誰相遇的時候，都帶著笑臉，傳達出「能見到你真好，你是很重要的人哦！」這樣的訊息吧。和我們相遇時帶著幽暗表情的人，在離去之時若能浮現出幸福的微笑，我想，沒有什麼比這更美好。

愛是恆常當令的果實，
就在你伸手可及之處。

Love is a fruit always in season,
and within your reach.

只要伸出手，
愛就在那裡

　　當我們心裡想著「誰都不愛我」而痛苦不已時，常常都忽略了一件事。那就是，在我們渴望著被愛的同時，我們身邊的人也一樣渴望著被愛。

　　比方說，有個太太來找我訴苦，說「我的先生只顧著工作，一點都不了解家事和照顧孩子的辛苦。」我試著去問她的丈夫，得到的卻是全然相反的回應。「我的太太，一點都不了解我在公司有多麼疲憊。」當我們身處痛苦之中，很容易就被自己的痛苦給吞沒，而漸漸地看不見周遭人的痛苦。

　　只要明白這件事，就可以輕易從「誰都不愛我」的痛苦中脫身而出。如果想為誰所愛，只要先從自己的殼探出身來，將目光停留在身邊人的

痛苦上就夠了；只要注意到丈夫、妻子、孩子、朋友現在正懷抱著怎樣的痛苦，並且伸出援手就夠了。在伸出援手的瞬間，愛情將在我們之間油然而生。如此一來，就可以摘到我們期盼的果實。我想，這就是德蕾莎姆姆所說的——「愛是恆常當令的果實，就在你伸手可及之處。」

拿方才的夫妻相處的例子來說，在抱怨家事和照顧孩子的事之前，試試看柔聲細語對丈夫說：「辛苦你了，工作很累吧！」如何呢？體察到妻子的愛，丈夫一定也會用溫柔的心情，傾聽妻子想說的話。

當你覺得「誰都不愛我」的時候，先把心自問：「我是否愛著誰呢？」好嗎？愛，不只是被誰所愛，同時也是藉著去愛別人，才能得到的。

隨口說說，我愛遠方的某人很簡單，
然而，
愛是從自己的家開始的。

It is easy to say, "I love somebody far away".
But love begins at home.

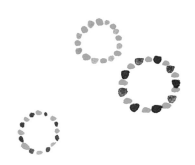

愛始於家庭

　　有一天，德蕾莎姆姆在倫敦的街角一隅，發現某個少年獨自一人蹲蹲在路邊。「為什麼不回家呢？」姆姆上前探詢。少年答：「就算回家也沒有人在。我媽媽很忙，老是不在家。」聽到這些話的姆姆心想：「這個孩子的母親，或許是為了讓世界更美好而工作也說不定。然而她卻忘了，真正的愛是從家庭裡開始的。」

　　這樣的現象越來越多了。有忙於志工服務而沒有時間照顧孩子的母親，也有熱心致力於貢獻社會而不太常回家的父親。為窮苦的人服務是一件值得尊敬的事，但若為此犧牲最親近的家人，根本就是本末倒置。在孩子的眼裡，自己的父母親不過是只挑自己喜歡的事來做的利己主義者罷了。愛人，先從身邊的人開始。這是愛的最大原則。

　　愛，始於家庭，進而擴展到全世界。那些確實感受到來自家人的愛的人們，才能充滿喜樂地走進社會，將被愛的喜悅和所有人分享。在這個競爭的社會中，感覺疲憊而荒蕪的心，也能在和家人們一起度過的時光中，慢慢被治癒，進而在和家人相處後，隔天能以溫柔的心情對待周遭的人。

　　母親懷抱著愛情為家人做菜，看起來對這個社會或許沒有什麼用處，然而，在料理中所傾注的母愛，會充滿家人的心，漸漸蔓延到整個世界。而這為家人獻上的毫不起眼的愛，正是讓世界變得更好的原動力。與其高舉偉大理想，不如先讓愛從家庭開始吧。這是創造一個美好世界最最確實的方法。

對工作失去熱情的時候，
停止去想「為何而做」，
要想起自己「為誰而做」。

*If you feel reluctant to work, stop thinking "for what",
and remember "for whom" you are working.*

愛就是力量

　　有人問：「當其他的團體都因為迷失了目標而解散的時候，為什麼你們可以毫不迷惘地繼續這份工作呢？」德蕾莎姆姆回答：「因為我們並不是『為了什麼』而工作，而是『為了誰』而工作。」那些舉揚著世界和平、實現脫貧社會…等崇高目的的團體，一旦發現目標不是那麼容易達到，便陷入「自己到底是為了什麼而進行這些活動的呢？」的迷惘之中。然而，我們若是為了眼前的窮人而工作，便不會迷失方向，不是嗎？

　　「為了誰」而工作的人，是被對誰的愛而驅動著，惦記著「一定要為這個人做些什麼」，自發性地工作著；而非心想「為了遠大的目標不做不行」，義務性地勞動。姆姆之所以可以不迷惘、不知疲累地持續工作，就是因為這個原因。打動姆姆的，無非就是「不能放著這些正在受苦的人

不管」的心意而已。

德蕾莎姆姆非常喜歡《師主篇》這本書中的一節。

「只要有愛，無論如何重擔都不覺其重。也不覺勞苦是勞苦，反而歡喜地去做超過自己能力的事。愛著的人，因為覺得什麼都做得到，所以不會抱怨沒有辦法。疲倦也不懈怠，受苦也不畏懼，心受到驚嚇也不慌不亂，能跨越所有的困難。」

當我們感覺到自己做的事是重擔、是勞苦的時候，或許正證明了我們忘記「為了誰」而做，也忘記了愛。當腦子裡出現「到底是為什麼做這些事呢？」的想法時，要馬上否定這個念頭，想想「是為誰而做呢？」好嗎？

只要能想起至為重要的家人，想起那些等待著你的笑臉，一定能打從心底洋溢活力。

那些真真切切彼此相愛的人們，
就算再怎麼貧窮，
也是全世界最幸福的。

*Those who truly love one another
are the happiest people in the world, even if they are poor.*

為了得到幸福

　　東日本大地震發生的那天，我正在加爾各答進行志工活動。我和其他從日本來的志工們，一起看著電視上播出的畫面，禁不住淚流滿面，不斷祈禱。

　　「受到這樣的創傷，日本今後將會變成什麼樣子呢？」看到我擔心不已的模樣，德蕾莎姆姆的第三代繼任者瑪利亞‧普雷馬修女（Sr. Mary Prema）說了以下的話。

　　「請放心吧。你們啊，在這個國家，看到了那些就算貧窮也過得很幸福的人的模樣了吧。幸福，並不需要那麼多東西。」

　　「幸福，並不需要那麼多東西。」我想，這是確確實實的真理。如果德蕾莎姆姆還在世的話，一定也會說出一樣的話。

　　當心靈感覺空虛的時候，我們有時會以物質

來滿足。或上街購物，或享受美食，以填滿心裡
的空隙。但是，空虛感並不會因而消失不見。這
份空虛之所以產生，是因為心裡的愛不足夠。即
使購物、吃美食，或唱卡拉 OK、去旅行，或找
人聊天……等，這些事讓你感到愉快，也不過是
暫時的。因為我們真正需要的是愛。

　　因為有錢而受到人們吹捧愛戴，和被愛的感
覺有點相似。然而，這是錯覺。因為某人有錢才
去奉承的人，一旦這個有錢人身無分文，奉承的
人就會離他而去。真實的愛不是這樣的。就算這
個人失去了一切，這個人還是這個人，絕對不會
棄他而去。這才是真實的愛。

　　就算擁有世界上的一切，身邊卻都只是些虛
偽的愛情，那麼這個人是不幸的。反之，無論再
怎麼窮困，若能擁有真實的愛情，這個人就是世
界上最幸福的。「只要你是你，我就絕對不會離
開你。」要不要試試看，讓這樣的愛從我們開始
呢？

我不稱困難為問題，
而稱之為機會。

I do not call anything difficult a problem.
Rather, I call it a chance.

受苦時，就是成長時

　　凡事順心如意時，人是不會成長的。人，正是因為在苦難中才得以成長。德蕾莎姆姆如此確信著。也因此，我們不把困難的狀況稱為問題，反而稱之為機會。

　　有位被宣告罹患末期癌症的年輕母親，曾經說過這樣的話：「在我的一生之中，未曾深刻體會過自己竟如此無能為力。但是，不可思議的是，就算在這樣的痛苦之中，我仍能如往常一樣早起，為孩子做便當。」這位母親，在痛苦之中明白自己活到現在從未體會過的軟弱，也為自己的無能為力感到意志消沉。然而，她察覺到，越是在那料想絕對無法跨越的痛苦中，越有一股跨越這份痛苦的力量，隱藏在自己身上。為了孩子，讓她發現到自己那股無論什麼痛苦都能逾越的力量。

生病或受傷，在公司中遇到的挫折，或是人際關係上的糾葛麻煩……等，在這些深刻的痛苦中，我們長期經受自己的無能為力。然而於此同時，身處痛苦深淵的我們，會察覺到自己身上其實擁有跨越如此痛苦的能力。正因為身處痛苦之中，我們才能發現自己真正剛強之處。就像那位母親一樣，為了深愛的人，無論怎樣的痛苦我們都能超越。連那些在只為自己的時候做不到的事情，為了所愛的某人卻做得到。這就是人類的堅強。

在從未體會過的痛苦中，明白自己從未發現過的軟弱與剛強，然後慢慢成長為真正的自己，這才是成長。我們正是在痛苦之中，才得以成長。或許，受苦的時候，正是天主為了讓我們成長而賜予的恩寵也說不定。

知道自己是軟弱的，
你就是安全的。

As long as you know you are weak,
you are safe.

正因軟弱而剛強

　　坦率承認「自己是個充滿缺點的軟弱者」的時候，那個人才是最安全的。德蕾莎姆姆曾經這樣說。試著以開車為例想想看，或許會更容易理解。自知駕駛技術未臻成熟的人，會因為留意小心、謹慎駕駛，而不會發生交通意外。反之，那些自恃駕駛技術高超的人，會因為魯莽而出事。知道自己弱點的人，開車才是最安全的。

　　不只是開車而已，會惹出麻煩，通常都發生在對自己的能力過於自信的時候。「可能會有點危險，但這麼一點小事應該沒關係吧。」開車也好，工作上的事也好，和家人的關係也一樣，通常在這麼想的瞬間，問題就發生了。明白自己能力有限，凡事慎重小心、謹慎而為的人，絕對不會製造出任何麻煩。

　　知道「自己是個充滿缺點的軟弱者」的人，

也是可以就此開始成長的人。確信自己是個完美
存在的人，因為沒有意識到自己的缺點，所以也
絕對不可能由此開始成長。然而，深知自己缺點
的人，卻可以漸次地一個接著一個克服自己的缺
點，慢慢成長。

　　知道「自己是個充滿缺點的軟弱者」的人，
也是可以跟眾人合作的人。自認無所不能的人，
會拒絕周遭所有的幫助；而坦白承認自己軟弱不
足的人，卻能夠接受他人，補全自己不足之處。
能和眾人齊力合作，成就美好之事的人，是那些
明白自己短處的人。

　　因為覺得「自己是個充滿缺點的軟弱者」
而感到沮喪，對自己沒有信心的人，請對自己的
軟弱有一點自信吧！因為你正是那因自知軟弱而
不會導致失敗的人，是無論何種境地都能成長的
人，是能和別人協力合作的人。明白自己軟弱的
人，其實才是最剛強的人。

失望，是傲慢的證明，
你還是只依靠自己的力量。

Disappointment is a sign of your arrogance.
You are still depending on yourself.

位於高處，必然掉落

　　物品會掉落是為什麼呢？或許會出現地心引力的法則、重力……各種艱深的答案，但最簡單的答案是：「因為置於高處。」位於低處的物品，絕不會掉落。物品之所以掉落，正是因為置於高處。

　　這個單純的法則，也適用於人心。我們的心之所以感覺失落，正是因為高傲自大，把自己放在比當下實際立足的位置更高的地方。因為確信自己辦得到、自己能力很強而得意自滿，才會因為不可預期的失敗而失志──沮喪失望，受到巨大的打擊。反之，謙卑地把自己置於低處的人，絕不會摔下來。因為充分明白自己的實力如何，率直地接受失敗是理所當然可能發生的事，必定不會感到挫敗。

　　惡魔，為了要毀滅人類，會先給人成功的機

會。越來越成功，越來越感到得意洋洋，等到那
個人攀上最高峰的時候，再一口氣將之擊落，讓
他陷於一蹶不振之地。這就是惡魔的策略。只要
受到打擊的人心想「不應該是這樣的啊，我已經
不行了」的話，惡魔就成功了。因為，就算實際
上明明還有一些力氣可以繼續努力，但只要本人
深信「已經不行了」，一切就真的沒有辦法了。
在我們心上生出的傲慢，可以說是惡魔為了毀滅
我們，巧妙設下的陷阱。

當遭遇到無可預期的失敗而感到沮喪低落
時，不妨改變自己的想法吧！——「到目前為
止，我都確信自己應該可以做得更好。但是，這
裡才是我應該站的高度。」在這樣的事重覆數
次、數十次之後，我們將會找到自己真正應當站
立的地方，不過高也不太低的立足之處。不可以
覺得「已經不行了」而消沉挫敗。沮喪時，正是
我們看清自己應當立足之處的機會。

我的心中，充滿痛苦。
我從不知道，
原來愛會讓人如此痛苦。

I am just full of suffering.
I did not know that love could make one suffer so much.

為愛而苦

在德蕾莎姆姆逝世之後，發現了幾封書信，那是姆姆生前為了和信賴的神父商量心中的煩惱所寫下的。在這些信上，赤裸裸地表白了姆姆那因為無論如何祈禱，都完全無法感受到天主的愛情而產生的痛苦，一個人被遺棄在幽暗之中的孤獨憂悶。我們只看到姆姆無論何時都以充滿肯定的言語開導人們，姆姆的這些書信對我們來說，真的令人大感意外。

在完全感受不到被愛的黑暗之中，姆姆察覺到，愛也是讓人受苦的。對人的愛越大，要是那份愛沒有被感受到，沒有得到回應，則受的苦也就越大。愛著誰的同時，這份愛也等於和同樣大的痛苦互為表裡，姆姆親身體驗到這樣的感受。

活在愛內，就是一邊忍受著付出的愛得不到回應，也依然繼續活下去。克服了困難，活出

愛的德蕾莎姆姆，也跨越了因愛而生的痛苦。她
對天主的愛的那份深深信賴，支撐她逾越這份痛
苦。她相信，就算無法明確地感受到，但天主必
定是愛著我的。因為有這樣的確信，才讓姆姆跨
越深切痛苦的陰暗。

　　信或不信眼所未見的愛？這一點至關重要。
如果愛是無論何時都能實實在在感受得到的，人
們就沒有必要相信愛了。正因為愛有時根本完全
感受不到，才需要相信愛。就算得不到回應，卻
依然相信對方，並持續不斷獻出自己的所有，這
樣的愛和祈禱沒有兩樣。帶著如祈禱一般的心
意，持續獻上的愛情，有一天一定會傳達到對方
心裡，發生奇蹟。我願意這樣相信。

我們的使命是，
只要有正在受苦的人，
無論在世界上哪一個角落，
都要前去，
與這個受苦的人一同受苦。

Our mission is to go wherever
there are suffering people in the world,
and to suffer
with the suffering people.

苦難的意義

　　這段完全感受不到被天主所愛的黑暗時期，長達幾十年。終於，德蕾莎姆姆開始想，在黑暗中受苦這件事本身，或許是自己的使命。為了救出身處黑暗中受苦的人們，自己也必須在黑暗中受苦才行。姆姆這樣想著。

　　我們要如何拯救一個墜落懸崖、骨折而正在受苦的人呢？就算你從懸崖上往下大喊「別擔心，沒問題的，爬上來吧！」也沒有任何幫助。如果想要救出正在低處受苦的人，你必須親身下降到低谷深處。除了垂降到那裡去，背起那個受傷的人再爬上來之外，別無他法。

　　耶穌基督在兩千年前做的，就是這樣的事。他是為了拯救在世上受苦的人們，而來到人間的天主之子。這就是耶穌。耶穌在地上，同樣體會了所有人類都感受到的痛苦，滿身污泥卻仍仰望

天上，鼓勵著人們——「即使如此，仍然有希望。」分擔我們的痛苦，並且把我們從痛苦的黑暗中拉出來的，就是主耶穌。

姆姆認為自己被賦予的使命，是要和耶穌做同樣的事。為了救出在痛苦的黑暗深處的人們，自己也得親自下降到痛苦的黑暗深處去。這份痛苦，可以說是為了拯救在痛苦的黑暗深處的人們所受的苦。

體驗過痛苦的人，能把自己深刻感同身受的力量，給予那些正處於同樣痛苦中的人們。而正是這份感同身受的力量，讓人能夠把別人的苦視為自己的苦，並擔負起來，成為拯救他人的力量。天主之所以賜予痛苦，乃是為了同時賦予我們那份力量。無論怎樣的苦難，都有意義。我願意這樣相信。

我是天主手中一枝小小的鉛筆，
天主怎麼思考，就用我怎麼畫。

I am a little pencil in God's hand.
It is God who thinks, and who draws.

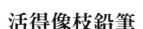

活得像枝鉛筆

　　捨棄自我，為貧窮的人們服務的德蕾莎姆姆，她的奉獻付出受到全世界的讚揚。然而，每當姆姆受到稱讚時，她總是回答：「我只不過是天主手中小小的鉛筆。」使姆姆得到諾貝爾和平獎的種種善行，是名為天主的畫家所畫出的美好作品。她說，我不過是讓天主畫出這般畫作的一枝小鉛筆，真要讚美的話，請讚美天主吧！

　　「天主手中的小鉛筆」，德蕾莎姆姆的生存之道就凝縮在這句話中。鉛筆的使命，是把線畫向畫家想去的方向。所以，無論發生什麼事，姆姆總是一邊問天主「我應該要往哪裡前進才好呢？」然後一邊行動。

　　也有些時候，天主所期望的方向和自己行進的方向不同。即使是這樣的時刻，姆姆也會毫不遲疑地往天主所期望的方向前進。因為，一旦

鉛筆開始自己擅自描繪起來，這幅畫將會一團混
亂。

「為什麼一定要往那個方向去呢？」這樣的
問題，在我們蒙主恩召回天國的時候，會得到解
答吧。當我們和天主一起在天上，眺望著自己一
生在人間繪成的這幅畫時，我們將會明白天主畫
出的所有線條，都有著深刻的意涵。

即使不小心畫錯線也不需要太在意。因為就
算是畫錯的線，天主也能把它修成畫中美麗的一
部分。畫錯了以後，要從畫錯的地方繼續畫出怎
樣的線，才是重點所在。

當你想著「我啊，已經不行了！」的時候，
正是天主上場的時機。「我已經沒辦法了。從現
在起，請祢使用我吧！」將自己全然委身於天
主。這就是天主手中的一枝小鉛筆的生存之道。

天主手中的鉛筆，不會驕傲，不會迷惘，
不會後悔，也不會放棄。只是單單按照天主的旨
意，持續畫線。德蕾莎姆姆，即是一個如此生活
的人。

昨日已然過去，明日還未到來。
我們所擁有的，不過只有今天。
來吧，從現在開始吧！

Yesterday has gone.
Tomorrow has not yet come.
We have only today.
Let us start now.

全力活出此刻

　　德蕾莎姆姆說：「不能總是被已經不存在的過去綑綁著。」不能想著「因為有那樣的過去，我將一生不幸」，而任由不存在的過去支配著你的現在。能夠決定現在的，是我們自己，我們能夠改變現在。回顧過去雖然很重要，然而，務必切記，說到底，回顧過去只是為了讓現在變得更好，把當下活得更精彩。

　　姆姆也說：「沒有必要現在就開始擔心尚未存在的將來。」不可以一邊想著「我以後會怎樣呢？」然後浪費珍貴的現在。如果你有閒功夫擔心將來的事，還不如想想「我現在是否做著自己應該做的事呢？」因為，所謂將來，不過存在於名為「現在」的這條延長線上。雖然思考未來的事很重要，但最終還是不能忘記，確實清楚現在到底要做些什麼，如何把現在活得更好，更為重要。

　　當我們在擔心未來的時候，總是淨想像著
那些可能會發生的壞事。事實上，明明好事和壞
事發生的機率差不多，甚至有比壞事更多的好事
會發生，我們卻很不擅長想像好事。人類的想像
力，可以說是有些構造上的缺陷吧。天主在給予
我們痛苦的同時，也必定賜下能夠克服這些苦難
的力量，沒有必要從現在就開始擔心。

　　「愛是永遠活出現在」——德蕾莎姆姆說。
因為，愛是現在就把手伸向眼前正在受苦的人。
如果光是想著過去或顧慮著未來，或許會忽視出
現在眼前的愛。為了活出現在應當活出的愛，得
好好注視著現在。愛，是從現在這個瞬間開始
的。

後記～活出美好～

在德蕾莎姆姆身邊工作了幾個月之後，發生一件我怎麼也料想不到的事。那事發生在我如往常一樣結束志工工作後，為了參加傍晚的彌撒而回到姆姆居住的修道院。那時，我正在聖堂前和認識的修女站著聊天，姆姆從辦公室那頭走了過來。姆姆停在我的正前方，突然伸出她大大的手，一把抓住我的手腕，說：「你到底要迷惘到什麼時候？」應該是因為她知道，我是因為找不到人生的方向才來到加爾各答的。然後，她又說出我完全意想不到的話：「你要成為神父。」「這幾個月的志工生活或許很美好，然而更美麗的人生在等待著你。這件美好的事，就是把自己的一生獻給上主。」

只是一味地為自己著想而活著的人生，不怎麼漂亮。捨棄自己，為愛而生的人生才美麗。姆姆是這樣想的。而正是在這個高度評價重視外表裝扮的時代，我更珍視像姆姆這般從內在閃耀光芒的美麗。心因為愛而飽滿，無論言談、表情或動作姿態，都充滿喜樂的人，才真的是閃閃發光的人。這人所擁有的美麗，不會因為年齡的增長而消逝，反而越是隨著年歲增長，琢磨得更加出色。把姆姆這些鼓勵我們的心、燃起我們心火的話語，帶在身邊，一起往美麗的人生出發吧！

作者：片柳弘史（Hiroshi Katayanagi）

一九七一年生於日本埼玉縣上尾市。一九九四年畢業於慶應義塾大學院法律學系。一九九四～一九九五年間於加爾各答擔任志工。期間，德蕾莎姆姆建議他當神父。一九九八年進入耶穌會。二○○八年修畢上智大學研究所神學科課程。現任山口縣宇部市天主教堂區神父，幼稚園園長助理，監獄教誨師。著有《加爾各答日記～遇見德蕾莎姆姆》、《往祈禱出發～跟隨德蕾莎姆姆》、《德蕾莎姆姆日曆》等多本作品。日本全國播放的廣播節目《心的燭光》原稿執筆者。在以通訊教學聞名的 IEC 公司，開設遠端社員研修講座《身而為人～學習德蕾莎姆姆》。

● 片柳神父部落格：《道の途中で》　http://d.hatena.ne.jp/hiroshisj/
● 請利用推特寫下對本書的感想，帳號@ hiroshisj

繪者：把笑臉散播到全世界的藝術家 RIE

一九八二年生於大阪府堺市。二○○二年畢業於京都嵯峨藝術短期大學陶藝學系。二○○五年造訪印尼婆羅洲島的某個村落，遇見一位少女。即使身處貧窮境地，臉上卻仍不忘帶著感謝笑容，在和這個少女的互動中，RIE 感受到「這個女孩的心裡一定很富足吧！」回國後，想把在婆羅洲島所感受到的「心的富足，人的溫度」散播到全日本，繼之全世界，懷著這個信念持續創作繪畫。二○○九年於日本電視台《おじゃれイズム・攝影棚藝術》提供畫作。二○一一年造訪東日本大地震受災的宮城縣南三陸町，並為支持震災重建捐出畫作。二○一二年榮獲全日空航空公司（ANA）機身設計競賽大獎。二○一四年出版《愛を受け取った日》一書。除外，亦活躍於個人畫展等不同領域。

● 官方網站：http://www.mongara-art.com/

2012年
ANA創立60周年記念
機體デザイン
コンテスト
大賞受賞

描摹德蕾莎姆姆的親筆文字
──心的書寫

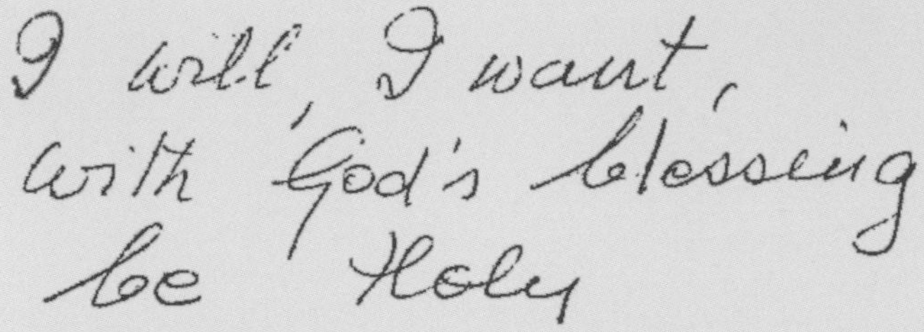

I will, I want,
with 'God's blessing
be 'Holy

「我想，我將在天主的祝福中，
成為天主的服事者。」

　　有人說，人的靈魂會存留在字裡行間。藉著親
筆寫下字句描摹德蕾莎姆姆，碰觸姆姆的靈魂吧。
願這些文字洋溢姆姆的愛，充滿我們的心。

Search 010

給全世界最重要的你 ── 德蕾莎修女教你如何去愛

作者／片柳弘史
封面圖素及內頁插圖／RIE
主編／劉宏信
封面設計及內頁排版／Neko
總編輯／徐仲秋

出　版　者　星火文化有限公司
　　　　　　台北市衡陽路七號八樓
　　　　　　電話（02）2331–9058

營 運 統 籌　大是文化有限公司
業務・企劃　業務經理／林裕安
　　　　　　業務專員／陳建昌
　　　　　　業務助理／馬絮盈・林芝縈
　　　　　　行銷企畫／汪家緯
　　　　　　美術編輯／邱筑萱
　　　　　　讀者服務專線：（02）2375–7911 分機 122
　　　　　　24 小時讀者服務傳真：（02）2375–6999
　　　　　　郵政劃撥帳號：19983366 戶名／大是文化有限公司
　　　　　　24 小時讀者服務傳真：（02）2375–6999

香 港 發 行　里人文化事業有限公司 "Anyone Cultural Enterprise Ltd."
　　　　　　香港荃灣橫龍街 78 號 正好工業大廈 25 樓 A 室
　　　　　　電話：（852）2419-2288 傳真：（852）2419-1887
　　　　　　E-mail：anyone@biznetvigator.com

印　　　刷　韋懋實業有限公司

國家圖書館出版品預行編目（CIP）資料

給全世界最重要的你：德蕾莎修女教你如何去愛／
片柳弘史著；RIE 繪；林安妮譯 . -- 初版 . --
臺北市：星火文化，2017.8.29
面；　公分 . --（Search；10）

譯自：THE LOVE~ 世界で一番たいせつなあなたへ
ISBN 978-986-92423-7-0（平裝）

861.67　　　　　　　　　　　　　105018436

2017 年 8 月 29 日初版
I S B N　978–986–92423–7–0

Printed in Taiwan
定價／ 280 元
・有著作權　翻印必究・